Deportes extremos

Kayak de aguas bravas

MATT DOEDEN

BLACK RABBIT BOOKS

Bolt es una publicación de Black Rabbit Books
P.O. Box 227, Mankato, Minnesota, 56002
www.blackrabbitbooks.com

Alissa Thielges, editora; Michael Sellner, diseñador del interior y investigación fotográfica

Información del catálogo de publicaciones de la biblioteca del congreso
Names: Doeden, Matt, author.
Title: Kayak de aguas bravas / Matt Doeden.
Other titles: White-water kayaking. Spanish
Description: Mankato, Minnesota: Black Rabbit Books, 2024. | Series: Deportes extremos | Includes index. | Audience: Ages 8–12 | Audience: Grades 4–6
Identifiers: LCCN 2023016154 (print) | LCCN 2023016155 (ebook) | ISBN 9781623109486 (library binding) | ISBN 9781623109561 (ebook)
Subjects: LCSH: Kayaking—Juvenile literature. | Aquatic sports—Juvenile literature.
Classification: LCC GV784.3 .D6418 2024 (print) | LCC GV784.3 (ebook) | DDC 797.122/4—dc23/eng/20230410
LC record available at https://lccn.loc.gov/2023016154
LC ebook record available at https://lccn.loc.gov/2023016155

Impreso en China

Image Credits

Alamy: Cavan Images 32, Jack Sullivan 26–27, Stefan Sollfors 27, TMI cover, 4–5, 6, 18 (3); Dagger Kayaks 14–15; Dreamstime: Chudakov 17 (t), Oleg Zabielin 17 (b), Travelarium 3, 9 (t); Getty: adoc-photos 9 (b), sampics 24 (b), tomazl 22–23; iStock: 4x6 12–13 (t), AscentXmedia 19 (5), lightphoto 10, master1305 12–13 (b), pacland 19 (6); Shutterstock: Art789 1, Cassiohabib 18 (2), Craig Russell 19 (4), David Kay 20, Diego Barbieri 24 (m), Dudarev Mikhail 18 (1), Eder 28–29, Jakub Stanek 24 (t), Kuznetcov_Konstantin 8, marekuliasz 31

Contenidos

CAPÍTULO 1

Surcar los rápidos

El sonido de la ráfaga de agua invade el valle del río. Un rocío frío cae sobre el kayak. Una mujer rema despacio. La **corriente** del río la jala hacia delante. Nota que hay rocas más adelante y rema con más fuerza. Grandes **brazadas** con el remo le permiten sortear los primeros **rápidos**. Maniobra para esquivar las rocas.

Una sorpresa rocosa

De repente, hay una bajada. Su kayak chapotea y empieza a ladearse. La kayakista no entra en pánico. Sabe cómo volver a enderezar su kayak. Recupera el equilibrio y sigue remando.

Tyler Brandt tiene el récord por hacer kayak en la cascada más alta, de 189 pies (58 metros) de altura.

CAPÍTULO 2

Deporte de aventura

Las personas reman en kayaks desde hace miles de años. Mucha gente disfruta del kayak en aguas tranquilas. Es relajante y seguro. Pero a otros les gustan las emociones fuertes. Practican kayak en corrientes y ríos turbulentos. Buscan aguas bravas lamadas rápidos.

Los pueblos inuit y aleut inventaron los kayaks. Usaron pieles y huesos de animales y madera.

cascadas
troncos
rocas

Aguas turbulentas

Los rápidos fluyen rápidamente corriente abajo. El aire atrapado en la ráfaga de agua la hace verse blanca. El agua veloz y poco profunda es complicada. Es difícil de predecir. Los rápidos esconden muchos peligros. Los kayaks pueden chocar contra rocas y árboles caídos.

Peligros de las aguas bravas

Equipo

Los kayaks de aguas bravas son más pequeños que los kayaks comunes. Se voltean rápidamente. El plástico **duradero** resiste las travesías turbulentas.

Comparación de longitudes

Los remos tienen una pala en cada extremo. Las puntas anchas ayudan a los kayakistas a empujar más agua. Pueden hacer rápidos cambios de dirección.

PARTES DE UN KAYAK

CUBIERTA
PROA
(PARTE DELANTERA)
TIRADORES

CAPÍTULO 3

Habilidades y seguridad

Un kayakista debe estar atento a los **obstáculos** que tiene por delante. Elige la mejor brazada para sortearlos. Un boof es una brazada poderosa. El kayakista sumerge el remo en forma recta y profunda para impulsarse bien hacia delante. Esto lo ayuda a superar los rápidos y las bajadas. Un barrido es una brazada para virar. Es más superficial. La pala entra en el agua de lado.

boofing

barrido

Grados de los rápidos

GRADO 1

Aguas tranquilas; requiere pocas habilidades especiales

GRADO 2

Algunos obstáculos y aguas turbulentas

GRADO 3

Rápidos de aguas bravas, pequeñas bajadas y obstáculos

GRADO 4

Rápidos difíciles, bajadas más pronunciadas y obstáculos

GRADO 5

Rápidos muy difíciles y obstáculos peligrosos; requiere habilidades de experto

GRADO 6

Rápidos extremadamente peligrosos, aun para kayakistas experimentados; riesgo alto de lesiones

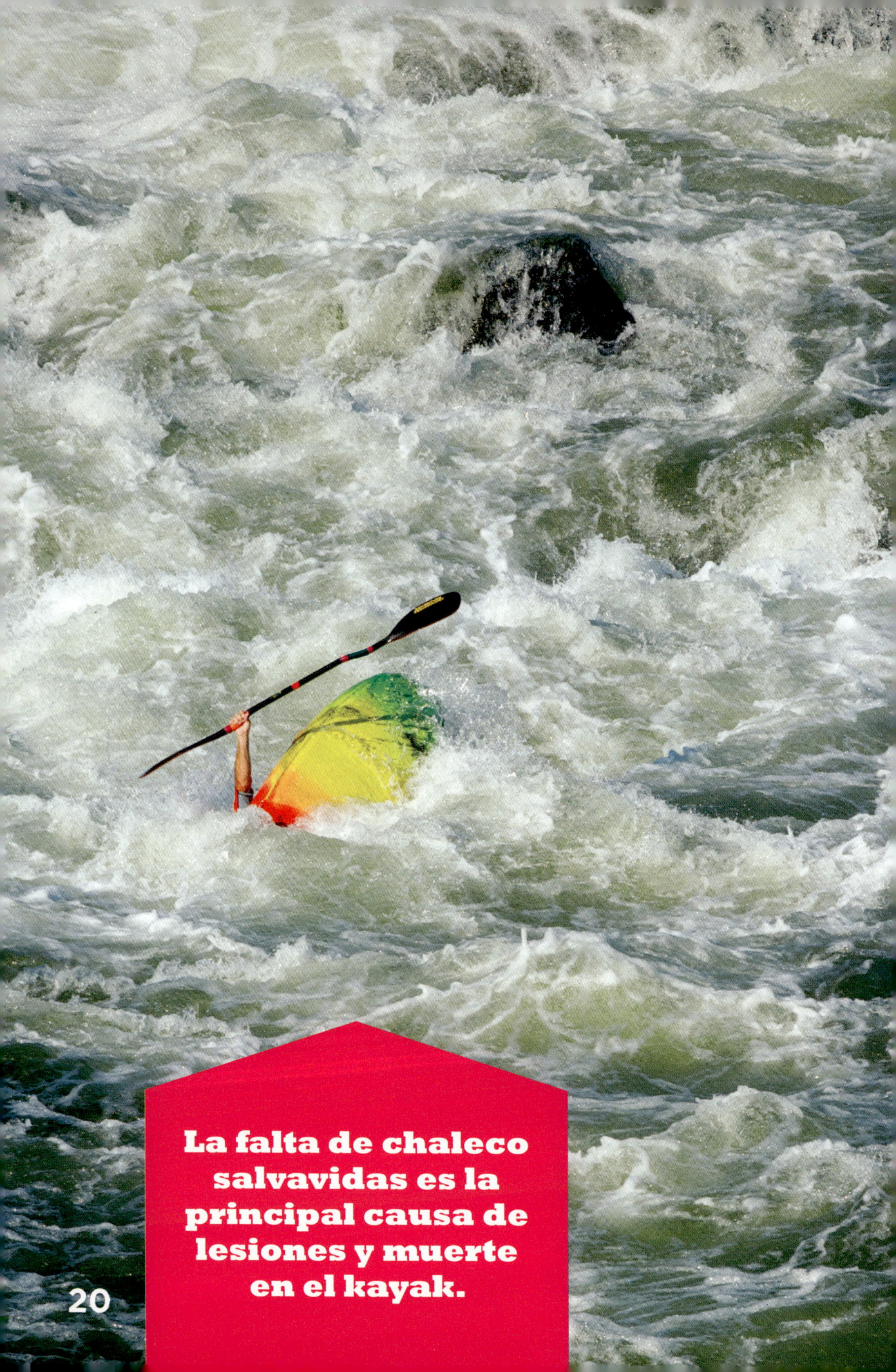

La falta de chaleco salvavidas es la principal causa de lesiones y muerte en el kayak.

Aventura riesgosa

Las aguas bravas son peligrosas. Los rápidos fuertes pueden voltear un kayak fácilmente. Los kayakistas pueden ser succionados por la corriente y ahogarse. El mayor peligro es chocar contra un objeto. Los kayakistas pueden golpearse la cabeza o el cuerpo contra las rocas. Algunos kayakistas extremos buscan el peligro. Eligen los ríos más difíciles para exigirse más.

EQUIPO DE SEGURIDAD

casco
protege la cabeza de las rocas y los obstáculos

chaleco salvavidas
el acolchado extra ayuda a las personas a mantenerse a flote en aguas turbulentas

traje de neopreno
ayuda a mantener calientes a las personas en condiciones húmedas

carrera de río

carrera de eslalon

estilo libre

CAPÍTULO 4

Competencias

La mayoría de la gente navega en kayak por diversión. Pero también es un deporte competitivo. En las carreras de río, los kayakistas compiten contra el reloj. Reman tan rápido como pueden por un tramo de rápidos en un río. En las carreras de **eslalon**, deben pasar por una serie de puertas marcadas. En el **estilo libre**, los kayakistas hacen trucos en los rápidos de un río. Se les califica el estilo y la técnica.

Carrera por el oro

Las carreras de eslalon en kayak han sido un deporte olímpico desde 1936. En 2024, será reemplazado por el kayak cross. En esta prueba, cuatro kayakistas compiten por llegar a la meta. Los dos más veloces avanzan hasta que quedan cuatro kayakistas. Luego es una carrera por la medalla de oro.

Un cuadriatlón es cuatro deportes en uno. Los atletas nadan, reman en kayak, corren en bicicleta y corren a pie, todo en una misma prueba.

Aventura

El kayak de aguas bravas se trata de emociones y aventuras. Ofrece una manera única de explorar la naturaleza. Las corrientes rápidas y las cascadas desafían a quienes buscan emociones fuertes. Y las competencias son intensas. Pero cualquiera puede aprender a enfrentarse a los rápidos.

GLOSARIO

brazada: uno de una serie de movimientos repetidos de algo que se mueve hacia delante y hacia atrás

corriente: la parte de un cuerpo fluido, como el aire o el agua, que está moviéndose continuamente en cierta dirección

duradero: que se mantiene fuerte y en buenas condiciones por un período largo

eslalon: carrera por una pista sinuosa marcada con puertas

estilo libre: una competencia en la que los competidores realizan trucos y habilidades que se juzgan para ganar puntos

obstáculo: objeto a esquivar o saltar

rápidos: parte de un río donde el agua fluye con mucha rapidez

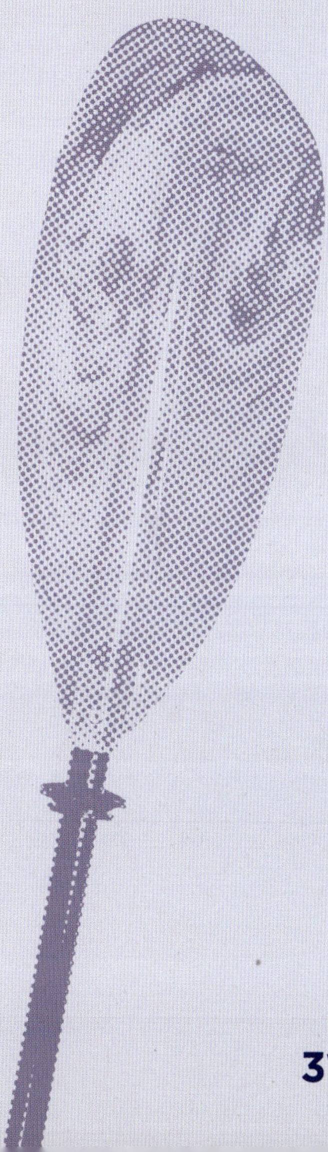

ÍNDICE